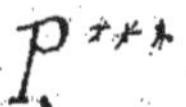

CATALOGUE
DES LIVRES
RARES ET PRÉCIEUX

ROMANS DE CHEVALERIE, LIVRES GOTHIQUES FRANÇAIS
POÈTES, CONTEURS
CLASSIQUES FRANÇAIS DE LEFÈVRE, RICHES RELIURES

PROVENANT DE LA

BIBLIOTHÈQUE DE M. C. P***

DONT LA VENTE AURA LIEU

Le mercredi 28 avril 1875, à deux heures précises de l'après-midi

Hôtel des Commissaires-Priseurs, rue Drouot

Salle n° 3, au premier

Par le ministère de Me Delbergue-Cormont, commissaire-priseur
Rue de Provence, 8

PARIS
LIBRAIRIE BACHELIN-DEFLORENNE
3, quai Malaquais
SUCCURSALE : LIBRAIRIE DE L'OPÉRA
10, boulevard des Capucines.
1875

SOUS PRESSE :

CATALOGUE

DE LA

BIBLIOTHÈQUE

DE

M. LE DOCTEUR B....

CONTENANT

De belles éditions modernes en riches reliures

PARIS. — TYP. G. CHAMEROT, RUE DES SAINTS-PÈRES, 19.

CATALOGUE
DES LIVRES

PROVENANT

DE LA BIBLIOTHÈQUE DE M. C. P***.

LA VENTE AURA LIEU

Le mercredi 28 avril 1875, à deux heures précises de l'après-midi

Hôtel des Commissaires-Priseurs, rue Drouot

Salle n° 3, au premier

Par le ministère de Me DELBERGUE-CORMONT, commissaire-priseur
Rue de Provence, 8

Assisté de M. BACHELIN-DEFLORENNE, quai Malaquais, 3.

Il y aura exposition une heure avant la vente.

ORDRE DE LA VACATION.

1 — 56
69 — 107
57 — 68

CONDITIONS DE LA VENTE.

Les acquéreurs payeront, en sus du prix d'adjudication, cinq centimes par franc, applicables aux frais.

Les livres vendus devront être collationnés sur place dans les vingt-quatre heures de l'adjudication. Passé ce délai, ou une fois sortis de la salle de vente, ils ne seront repris pour aucune cause.

M. BACHELIN-DEFLORENNE se chargera de remplir les commissions des personnes qui ne pourraient assister à la vente.

Paris. — Typographie Georges Chamerot, rue des Saints-Pères, 19.

CATALOGUE

DES LIVRES

RARES ET PRÉCIEUX

ROMANS DE CHEVALERIE, LIVRES GOTHIQUES FRANÇAIS

POÈTES, CONTEURS

CLASSIQUES FRANÇAIS DE LEFÈVRE, RICHES RELIURES

PROVENANT DE LA

BIBLIOTHÈQUE DE M. C. P***

PARIS

LIBRAIRIE BACHELIN-DEFLORENNE

3, quai Malaquais

SUCCURSALE : LIBRAIRIE DE L'OPÉRA

10, boulevard des Capucines.

—

1875

CATALOGUE

DES LIVRES

PROVENANT

DE LA BIBLIOTHÈQUE DE M. C. P***.

THÉOLOGIE.

1. La Sainte Bible, traduite sur les textes originaux, avec les différences de la Vulgate (par Nic. le Gros). *Cologne*, 1739, in-12, mar. La Vall. larg. dent. non rog. (*Capé*).

Bel exemplaire d'une édition recherchée, imprimée en très-petits caractères.

2. Incipit interrogatorium sive cõfessionale, per venerabilem fratrẽ Bartholomeũ de Chaimis. *Mediolani*, *per Christ. Waldarfer*, 1474, in-8, goth. de 174 ff. à 27 lignes par page, mar. bl. tr. dor. (*Belz-Niedrée.*)

Magnifique exemplaire de la plus ancienne édition, avec date, de ces sermons curieux. La souscription se trouve exprimée dans douze distiques qui se trouvent au recto du dernier feuillet.

3. Somnia Salomonis Dauid regis filii una cum Danielis prophete somniorũ interpretatione, nouissime examussim recognita, omnibusq; mendis expurgata. (In fine :) *Explicit Somnia Solomonis, Dauid... Impressasq; Venetiis exactissima cura p Melchiorẽ Sessam et Perrũ de Rananis socios.*

Anno dñi Mcccccxvi, die primo Janu., in-4, de 68 ff. signés A.-R., lettres rondes, v. marbr. dent. tr. dor.

4. HEURES DU XVe SIECLE, manuscrit in-8, velours rouge tr. dor.

Admirable manuscrit sur vélin, enrichi de 18 miniatures de l'école française et d'une finesse d'exécution hors ligne.

5. Les Disputes de Guillot le porcher, et de la Bergère de Saint-Denis en France, contre Jehan Caluin, prédicant de Genesue, sur la verité de nostre saincte foy catholicque, et religion chrestjenne; ensemble la genealogie des hereticques, et les fruictz qui proviennēt d'iceulx. Plus adiousté de nouveau le debat d'entre ledict Caluin et Theodore de Baise, touchant la cōversion d'une demoiselle, et lesdites disputes. *A Paris, par Pierre Gaultier*, 1560, pet. in-8, demi-rel. bas.

A la suite des disputes de Guillot le Porcher est une autre pièce intitulée : *Les Regretz, complainctes, les lamentations d'une Damoyselle, laquelle s'estoit retirée à Genesue pour viure en liberté auec la conuersion d'icelle estant à l'article de la Mort. Paris, Pierre Gaultier*, 1559.
Raccommodages au titre et à quelques feuillets du premier ouvrage.

6. Le Tumbeau des hérétiques, par George l'Apostre, où le faux masque des huguenots est descouvert, et les cent cinquante hérésies du ministre la Bausserie sont réfutées, par le texte de la Bible, des conciles et des Pères. *Thurin, Baptista Vioni*, 1602, pet. in-8, mar. vert. tr. dor. (*Belz-Niedrée.*)

Volume rare. — Très-joli exemplaire.

7. De Origine, continuatione, vsu, autoritate, atque præstantia Ministerii verbi Dei, et Sacramētorum, et de controversiis ea de re in Christiano orbe, hoc præsertim seculo excitatis, ac de earũ componendarum ratione, autore Petro Vireto. *Oliva Roberti Stephani*, M. D. LIIII, in-fol. de 10 et 224 ff. v. gr. (*Le titre est doublé.*)

Livre rare.

8. Apologie pour la saincte Cène du Seigneur, contre la présence corporelle et la transsubstantiation, item contre les messes sans communion et contre la communion sous une espèce. *Genève,* 1660, in-8, portr. mar. bl. tr. dor. (*Belz-Niedrée.*)

Très-bel exemplaire.

9. Accroissement des eaux de Siloé pour esteindre le feu du purgatoire et noyer les satisfactions humaines et les indulgences papales. *Genève, P. Aubert,* 1631, in-8, mar. r. tr. dor. (*Belz-Niedrée.*)

Bel exemplaire de ce volume curieux.

10. De la Vocation des pasteurs, par P. Dumoulin. *Genève, Pierre Aubert,* 1631, in-8, mar. r. tr. dor. (*Belz-Niedrée.*)

Bel exemplaire.

SCIENCES ET ARTS.

11. Essais de Michel, seigneur de Montaigne, chevalier de l'ordre du Roy, etc., reveus et augmentez. *Paris, Jean Richer,* 1587, in-12, 4 ff. de titre et table, et 1075 pages, vél. (*Piqures de vers dans la marge du haut, notes marginales.*)

Édition rare, qui ne contient que deux livres. Cet exemplaire est plus grand de marges que celui de la vente Potier, vendu 460 fr.

12. Essais de Michel, seigneur de Montaigne, avec les notes de tous les commentateurs, édition publiée par J.-V. Le Clerc. *Paris, Lefèvre,* 1826, 5 vol. gr. in-8, port. d. rel. mar. r. dor. en tête non rog.

De la Collection des Classiques. Exemplaire en GRAND PAPIER.

13. Les Caractères de la Bruyère, suivis des Caractères de Théophraste, traduits du grec par le même. *Paris, Lefèvre* (*impr. de J. Didot l'aîné*), 1834, 2 vol. gr. in-8, portr. sur chine, demi-rel. dos et coins de mar. v. tête dor. n. rog.

De la Collection des Classiques. Exemplaire en GRAND PAPIER.

14. MESSIRE FRANCOIS PETRACQUE (sic) des remedes de lune et l'autre fortune : prospere et aduerse : nouvellemẽt imprimé à Paris, rue Sainct-Jacques, par honneste homme Pierre Cousin (Au verso du dernier f., 2e col. :) *Cy finist le liure de francois petracque poete florentin des remedes de l'une et l'autre fortune prospere et aduerse. Nouvellemẽt trãslate de latin en frãçois. Imprime à Paris,* 1534, in-fol. goth. de 6 et CLXXIII ff. à 2 col. fig. sur bois, v. g.

Bel exemplaire, grand de marges, avec témoins.

15. Leonardi Portii Jurisconsulti Vicentini de Sestertio, Talentis, Pecuniis, Ponderibus, Mẽsuris, Stipendiis militaribus antiquis, ac prouinciarũ, regum, populi Romani, Cæsarũq; redditibus, libri duo, in quibus cõplura loca scriptorũ clariss. Plinii, Columellæ, Celsi, Liuii, Juuenalis, tum acri iudicio, tum exquisitiori doctrina castigantur, aperiuntur, illustrantur. Præterea additus est index rerum et verborũ, qua hoc in opere digniora scitu uisa sunt. *Joan. Frob., s. d.* — Lazari Bayfii, viri doctissimi, annotationum in L. Vestis, ff. de auro et argento leg. seu de re uestiaria, liber nunc primũ typis excusus, cum indice haudquaquam pænitendo. Subiecta est et prefationi lex ipsa qua facilius intelligatur, quid in toto libro tractetur. *Basileæ, apud Joannem Bebelium an.* M. DXXVI, en 1 vol. pet. in-4, lettres rondes, v. marbr. fil tr. dor.

16. Joannis Revchlin Phorcensis in libros Capnion vel de verbo mirifico. *S. l., n. d.*, in-fol. de 48 ff.

non chiffrés, lettres rondes à 50 lignes par page, v. gr.

17. Trois Livres des apparitions des esprits, fantosmes, prodiges et accidens merveilleux qui precedent souventes fois la mort de quelque personnage renommé, ou un grand changement és choses de ce monde, composez par Loys Lavater, ministre de l'Eglise de Zurich : traduits d'aleman en françois, conferez, reveus et augmentez sur le latin. Plus trois questions proposées et resolues par M. Pierre Martyr, excellent theologien, lesquelles conviennent à ceste matiere : traduites aussi de latin en françois. *De l'imprimerie de François Perrin, pour Jean Durant,* 1571, pet. in-8, v. f.

Ouvrage curieux. Bel exemplaire.

18. Jules Obsequent, des Prodiges; plus trois livres de Polydore sur la mesme matiere, traduits de latin en françois par George de la Bouthiere, Autunois. *A Lyon, par Jean de Tournes*, 1555, in-8, fig. sur bois, v. ant. fil.

19. Le Tableau des riches inventions, couuertes du voile des feintes amoureuses, qui sont representées dans le songe de Poliphile, desvoilées des ombres du songe et subtilement exposées par Beroalde (de Verville). *Paris, Matthieu Guillemot,* 1600, in-4, titre gravé et figures sur bois, v. marbr.

La planche du sacrifice est en bon état.

20. LE PAUTRE. Recueil de 336 planches d'ornements divers d'architecture tels que : plafonds, livre de miroirs, tables et gueridons, dessins de cheminées, autels et retables, vases et cartouches, grotesques et moresques, vases à l'antique, livre de serrureries, nouveau livre de cartouches et ornemens, fontaines et jets d'eau, angle de plafons, ornements de panneaux modernes, etc., etc., en 1 vol. in-fol. vél.

Recueil très-important et parfaitement conservé.

21. De la Distribution des maisons de plaisance et de la décoration des édifices en général, par Jacques-François Blondel. *Paris, C.-A. Jombert*, 1737, 2 vol. in-4, v. br.

Exemplaire bien conservé. Cet ouvrage recherché est orné de 160 planches gravées par l'auteur.

22. Tableau de Paris, explication de différentes figures, gravées à l'eau-forte (par Dunker). *Yverdon*, 1787, in-8, d. rel.

Suite de 96 planches curieuses, avec un texte explicatif.

23. Tableau de Paris, ou explication de différentes figures, gravées à l'eau-forte (par Dunker). *Yverdon*, 1787, in-8, cart.

Autre exemplaire de cette suite curieuse.

24. Suite de 21 gravures de Moreau et de Desenne, sur chine avant la lettre; magnifiques épreuves de graveur, pour les Fabliaux de Legrand d'Aussy, in-8, provenant de la vente Labédoyère.

25. Le Sorti di Francesco Marcolino da Forli intitolate Giardino di Pensieri, allo illustrissimo signore Hercole Estense duca di Ferrara. (Al fine:) *In Venetia, per Francesco Marcolino da Forli, negli anni del signore* MDxxxx, *del mese di ottobre*, in-fol, à 2 col., caract. ital., figures sur bois, v. f. fil.

Première édition d'un livre très-rare et fort recherché à cause des figures gravées sur bois par Jos. Porta Garfagnino qui le décorent. Ce livre singulier renferme différentes questions et les réponses qui se font par le moyen de cartes à jouer dont toutes les chances sont figurées sur les pages, avec des explications en vers par L. Dolce.

BELLES-LETTRES.

I. LINGUISTIQUE. — RHÉTORIQUE.

26. Caroli Bovilli Samarobriui liber de differentia vulgarium linguarum, et Gallici sermonis varietate; quæ voces apud Gallo sint factitiæ et arbitrariæ vel barbaræ, quæ item ab origine latina manarint, de hallucinatione gallicanorum nominum. *Parisiis, ex offic. Roberti Stephani,* 1533, in-4, vél. fil. tr. dor.

Exemplaire réglé. Sur les plats de la reliure se trouve un Dauphin couronné.

27. CATHOLICON ABBREVIATUM (Vocabulaire latin du XVe siècle, d'une très-belle écriture gothique). Fort in-fol. v. ant. coins et fermoirs ciselés.

Précieux manuscrit sur *peau de vélin,* d'une conservation parfaite, et du plus grand intérêt au point de vue de la linguistique.

28. CICERONIS DE ORATORE LIBRI III (*absque nota*). Pet. in-fol. de 108 ff. lettres rondes à 32 lignes par page, maroq. bleu, fil. tr. dor. (*Belz-Niedrée.*)

Magnifique exemplaire. — Édition sans aucune indication de lieu ni de date, mais exécutée avec les caractères dont VINDELIN DE SPIRE se servait à Venise en 1470 pour l'impression de la *Cité de Dieu.*

Ce volume rare et précieux commence ainsi : « M. T. Ciceronis ad Quintum fratrem in libros de Oratore prefatio incipit feliciter. »

(C) OGITANTI MIHI SÆPE NUMERO.

II. POÉSIE. — THÉATRE. — CHANSONS.

29. Imaginations poétiques, traduictes en vers françois, des Latins et des Grecz, par l'auteur même d'iceulx. *A Lyon, par Macé Bonhomme,* 1552, pet. in-8, fig. sur bois, v. gr.

Ce petit volume rare est enrichi de charmantes figures sur bois.

30. P. Virgilii Maronis Opera : emendabat et notis illustrabat Gilbertus Wakefield. *Londini*, 1796, 2 vol. gr. in-8, pap. vél. v. rac. fil. (*Bozérian jeune.*)

31. M. A. Mureti Juvenilia. *Parisiis, ex officina viduæ Mauricii a Porta,* 1553, in-8, réglé, mar. v. fil. tr. dor. (*Rel. anc.*)

32. VARIA SEBASTIANI BRANT carmina (infra tria disticha), 1498. Nihil sine causa. Olpe. (*In fine* :) *Carminū Sebastiani Brant tā diuinas q̄ humanas laudes decātantiū opus : fœlici fine consūmatū Basileię opā et impensis Joannis Bergman De Olpe Kl' Maiis anni* & xcviii. In-4 de 140 ff. en lettres rondes, fig. sur bois, v. f. fil. tr. dor.

Bel exemplaire d'une édition très-rare et qui n'a été décrite que par Hain.

33. Le Castoiement, ou Instruction du père à son fils, ouvrage moral en vers, composé dans le treizième siècle, suivi de quelques pièces historiques et morales aussi en vers et du même siecle, le tout précédé d'une dissertation sur la langue des Celtes avec quelques nouvelles observations sur les étymologies. *Lausanne*, 1760, in-12, v. m.

Édition publiée par Barbazan. Cette curieuse production en vers du treizième siècle est différente du livre de P. d'Alphonse, l'auteur de la *Discipline du clergé*.

34. L'Ordene de chevalerie, avec une dissertation sur l'origine de la langue française, un essai sur les étymologies, quelques contes anciens et un glossaire pour en faciliter l'intelligence (publié par Barbazan). *Lausanne,* 1759, in-12, front. grav. bas. fil.

35. Ci comence le
Roumās de la Rose
Ou lart damours
Est toute enclose.

Manuscrit du XIIIe siècle sur peau de vélin, pet. in-fol. v.

Très-précieux manuscrit du Roman de la Rose, *sur peau de vélin*, écrit au treizième siècle à deux colonnes. Il est enrichi de **TRENTE-QUATRE MINIATURES** à fonds d'or ou quadrillés. Ces miniatures sont des plus remarquables au point de vue des costumes; elles sont d'un dessin ferme et naïf tout à la fois. Cette leçon du Roman de la Rose est des plus précieuses pour l'histoire de la langue française. Quelques miniatures sont fatiguées par le frottement.

36. SENSUYVENT LES || DROITZ NOUVE || AULX, avec le de || bat des dames et des armes. Lēqueste en || tre la simple et la rusée avec son playdoye || Et le monologue coq̄llart, avec plusieurs || autres choses fort joyeuses. Compose par maistre Guillaume Coquillart, || official de || Reims lez Champaigne. XXII. *On les vend à Paris, en la rue neufve Nostre Dame, à l'escu de France et au Palais...* (A la fin :) *Cy finissent les Droitz nouveaulx, imprĩe nouvellement à Paris, par la veufve Jehā Trepperel, demeurāt en la rue neufve Nostre Dame* (*sans date*), pet. in-4 goth. de 88 ff. v. br.

Édition la plus ancienne que l'on ait des œuvres réunies de Coquillart. Elle est fort rare. Exemplaire bien conservé et susceptible de devenir un beau livre.

37. LES REGNARS TRAVERSANT LES PÉRILLEUSES VOYES des folles fiances du monde, composées par Sebastien Brand (Jean Bouchet), lequel composa la Nef des folles, dernièrement imprimée à Paris et autres plusieurs choses composées par autres facteurs. (A la fin :) *Cy finist le liure des Regnars traversant les voyes perilleuses des folles fiances du monde. Imprimé à Paris, par Michel le Noir, libraire demourant sur le pont Saint-Michel à lymage saint Jehan leuangeliste. Et fut acheué lan mil cinq cens ꝛ quatre, le* XXIe *iour de may*, in-4 goth. à 2 col. de 130 ff. non chiff. fig. sur bois, v. f. fil. tr. dor.

Réimpression de l'édition de Verard (1501). On y lit au verso du titre la pièce de vers intitulé *Sebastianus brand de Vulpe*, ce qui est peut-être la seule chose composée par Brandt qu'il y ait dans cet ouvrage, lequel est de Jean Bouchet. Bel exemplaire.

38. EPISTRES MORALES ET FAMILIÈRES DU TRAVERSEUR (Jean Bouchet). *A Poictiers, chez Jacques Bouchet et à l'imprimerie à la Celle, et deuant les*

Cordeliers. Et à l'enseigne du Pelican, par Jehan et Enguilbert de Marnef, 1545, 2 part. en 1 vol. in-fol. à 2 col. v. f. fil. tr. dor.

Bel exemplaire d'un volume rare et curieux : les deux parties, l'une pour les *Épîtres morales*, l'autre pour les *Épîtres familières*, ne sont pas toujours réunies. Les dernières sont surtout intéressantes. On y remarque l'*Epistre de Rabelais à Jean Bouchet*, avec la réponse; l'*Epistre à Messieurs de justice;* l'*Epistre à gens de métier et arts mechaniques* (barbiers, peintres, orfévres); l'*Epistre aux imprimeurs*, dans laquelle J. Bouchet donne la liste de ses ouvrages, etc.

39. LES TRIUMPHES DE LA NOBLE ET AMOUREUSE DAME : Et lart de honnestement aymer, compose par le Transuerseur des voyes perilleuses (J. Bouchet). Nouvellement imprimé à Paris. *On les vend à Paris, en la grant rue Saint-Jacques, aux deux cochetz en la maison de Jaques Keruer, libraire iuré de Luniversité, Mil.* DXXXV. (A la fin :) *Cy prent fin le traicte des Triumphes de la noble dame... Et nouuellement imprimé à Paris, par Nicolas Couteau, le* v^e^ *iour de aoust mil cinq cens* xxxv, in-fol. goth. titre en rouge et en noir, v. marbr. fil.

Cette édition contient 6 feuillets préliminaires, cliiii feuillets de texte et 1 feuillet séparé à la fin, au verso duquel se trouve la marque de Galliot du Pré. Bel exemplaire.

40. LES OEUVRES DE FRANÇOIS VILLON de Paris, reveues et remises en leur entier par Clément Marot. *On les vend à Paris, en la grant salle du Palais, en la boutique de Galliot du Pré.* (A la fin :) *Et furent parachevées de imprimer le dernier jour de septembre l'an mil cinq cens trente et trois*, pet. in-8, v. f.

Édition très-rare, la plus recherchée de celles en lettres rondes. Cet exemplaire est très-grand de marges et bien conservé.

41. LES OEUVRES DE CLÉMENT MAROT de Cahors, valet de chambre du Roy. augmentées d'un grand nombre de ses compositions nouvelles, par cy deuant non imprimées. Le tout soigneusement par luy mesmes reueu, et mieulx ordonné. *A*

Lyon, chez Estienne Dolet, 1543, pet. in-8, bas. (*Piqûres de vers à la fin du volume.*)

Édition précieuse et rare. Les piqûres sont réparables, grandes marges.

42. OEUVRES DE BOILEAU-DESPRÉAUX, avec des éclaircissements historiques donnés par lui-même, et rédigés par M. Brossette, augmentées de plusieurs pièces, tant de l'auteur, qu'ayant rapport à ses ouvrages, avec des remarques et des dissertations critiques par M. de Saint-Marc, nouvelle édition augmentée de plusieurs pièces relatives aux ouvrages de l'auteur. *Paris, Libraires associés,* 1772, 5 vol. in-8, fig. de B. Picart, maroq. vert, compart. tr. dor.

Bel exemplaire en grand papier fin.

43. CONTES DE M. DE LA FONTAINE, enrichis de tailles-douces. *Amsterdam, Henri Desbordes,* 1685, 2 t. en 1 vol. in-12, fig. mar. r. comp. tr. dor.

Exemplaire de la première édition sous cette date, avec de belles épreuves des figures de Romain de Hooghe. Le titre du tome Ier est double et raccommodé.

44. CONTES ET NOUVELLES EN VERS, par M. de la Fontaine. *Amsterdam,* 1762, 2 vol. in-8, 2 portr. gravés par Ficquet, fig. d'Eisen, vignettes et culs-de-lampe par Choffard, mar. rouge, fil. tr. dor. (*Rel. anc.*)

Bel exemplaire de l'ÉDITION DES FERMIERS GÉNÉRAUX.

45. FABLES NOUVELLES (par Dorat). *La Haye et Paris, Delalain,* 1773, 2 tom. en 1 vol. in-8, front. vignettes et culs-de-lampe par Marillier, mar. r. fil. tr. dor. (*Rel. anc.*)

Exemplaire en GRAND PAPIER, avec les figures de Marillier en premières épreuves. La reliure est très-fraiche.

46. RECUEIL DES MEILLEURS CONTES EN VERS (par la Fontaine, Voltaire, Vergier, Senecé, Perrault, Moncrif, Grécourt, Autreau, Saint-Lam-

bert, etc.). *Londres* (*Liége*), 1778, 4 vol. in-18, fig. mar. v. dent. tr. dor. (*Derome.*)

Collection très-recherchée. Joli exemplaire dans une reliure de DEROME très-fraîche.

47. Irza et Marsis, ou l'Isle merveilleuse, poëme en deux chants, suivi d'Alphonse, conte (par Dorat). *La Haye et Paris, Delalain*, 1769. — Les Cerises et la Méprise, conte en vers (par le même). *La Haye*, 1769. — Les Dévirgineurs et Combabus, contes en vers, suivis de Floricourt, histoire françoise (par le même). *Amsterdam*, 1769, in-8, fig. v. f. fil. tr. dor.

Bel exemplaire en grand papier, avec les jolies figures et culs-de-lampe d'Eisen en bonnes épreuves.

48. Poésies, Contes et Satires de Voltaire. *Paris, impr. de J. Didot l'aîné*, 1823, 5 vol. in-8, cart. non rog.

49. Noei bourguignon de Gui Barôzai, quatrième edition. *Ai Dioni, ché Abran Lyron de Modene*, 1720. — Glossaire alphabétique pour l'intelligence des mots bourguignons et autres, qui peuvent avoir besoin d'explication dans les Noëls de Gui Barôzai. Pet. in-8, mar. r. fil. tr. dor. (*Reliure ancienne.*)

On a intercalé des feuillets blancs sur lesquels se trouve la musique des Noëls manuscrite. Très-joli exemplaire.

50. Rime diverse di molti eccellentiss. autori nuovamente raccolte. *In Venetia, appresso Gabriel Giolito di Ferrarii*, 1546-47, 2 vol. pet. in-8, v. f. tr. r.

51. OEUVRES DE P. CORNEILLE, avec les notes de tous les commentateurs. *Paris, Lefèvre*, 1824, 12 volumes gr. in-8, portr. demi-rel. mar. r. dor. en tête, non rog.

Exemplaire en GRAND PAPIER. De la Collection des Classiques.

52. OEUVRES COMPLÈTES DE MOLIÈRE, avec les notes de tous les commentateurs, édition publiée par

L. Aimé-Martin. *Paris, Lefèvre,* 1824, 8 vol. gr. in-8, d. rel. mar. r. dor. en tête, non rog.

De la Collection des Classiques. — Exemplaire en GRAND PAPIER.

53. OEuvres de Jean Racine. *Paris, impr. de P. Didot l'aîné,* 1823, 5 vol. in-8, cart. non rog.

54. Les Agréables Divertissements de table, ou les règlements de l'illustre société des frères et sœurs de l'ordre de Méduse (avec des chansons et des portraits en vers). *Lyon, André Laurens,* 1712, in-12, fig. de Bouchet, v. f. fil. tr. dor.

L'ordre de Méduse était une société de plaisirs fondée à Toulon par M. de Vibray.
Joli exemplaire, avec une tête de Méduse sur les plats.

55. CHOIX DE CHANSONS, mises en musique par M. de La Borde, gouverneur du Louvre, ornées d'estampes par J.-M. Moreau. *Paris, Delormel,* 1773, 4 vol. gr. in-8, veau porph. dent. tr. dor.

Ouvrage recherché pour les nombreuses gravures de Moreau et de Le Barbier, dont il est orné. Belles épreuves. Exemplaire avec le portrait de La Borde.

56. CHANTS ET CHANSONS POPULAIRES DE LA FRANCE, 1re, 2e et 3e séries. *Paris, Delloye,* 1843, 3 vol. in-8, demi-rel. dos et coins de mar. v. dos orné, dor. en tête, non rog.

Vignettes d'après Meissonnier, Daubigny, Puiguilly (1er tirage).
Très-bel exemplaire en papier fort.

III. ROMANS, CONTES ET NOUVELLES

57. LE ROMAN DES ROMANS, où on verra la suite de la conclusion de don Belianis de Grèce, du chevalier du Soleil et des Amadis, par du Verdier (Gilbert Saulnier). *Paris, du Bray,* 1626-29, 7 tomes en 13 vol. in-8, fig. de Crisp. de Pas, mar. r. fil. tr. dor. (*Rel. anc.*)

Magnifique exemplaire en reliure ancienne, genre Padeloup.

58. OGIER LE DANNOYS DUC DE DANNEMARCKE qui fut lung des douze pers de France, lequel avec le secours ꝛ ayde du roy Charlemagne chassa les Payens hors de Rome, ꝛ remist le Pape en son siége.. *A Paris, pour la vefue Jean Bonfons, sans date*, in-4, goth. à 2 col. figures sur bois, mar. v. fil. tr. dor. (*Rel. anc.*)

Édition rare. Exemplaire bien conservé.

59. MELIADUS DE LEONNOYS. Au present volume sont contenus les nobles faictz darmes du vaillant roy Meliadius de Leonnoys : Ensemble plusieurs autres nobles proesses de cheualier, faictes tant par le roy Artus, Palamedes, le Morhoult dirlande, le bon chevalier sâs pour, Galehault le brun, Segurades, Galaad que autres bõs chevaliers estãs au temps dudit roy Meliadius. Histoire singuliere et recreative. *Nouuellement imprimés à Paris. On les vend à Paris, en la grand salle du Palais, au premier pillier en la boutique de Galliot du Pré marchant libraire iuré de Luniuersité.* (A la fin :) *Acheué d'imprimer à Paris, le xxv*[e] *iour du moys de novembre. Lan mil cinq cens* XXVIII. In-fol. goth. a 2 col. fig. sur bois, v. gr. tr. dor.

Bel exemplaire d'un roman de chevalerie de toute rareté.

60. L'HISTOIRE DE PALMERIN D'OLIVE, fils du roy Florendos de Macedone et de la belle Griane, fille de Remicius, empereur de Constantinople : discourt plaisant et de singuliere recreation, traduit iadis par un auteur incertain de castillan en françoys, mis en lumiere et en son entier, selon nostre vulgaire, par Jean Mangin, dit le petit Angevin. Reueu et emendé par le auteur. *A Anvers, chez Jean Wacsberghe*, 1572, in-4, sur bois, mar. r. fil. tr. dor. (*Rel. anc.*)

61. LE PREMIER (et le second) LIVRE DU PREUX, VAILLANT ET TRES VICTORIEUX CHEVALIER PALMERIN D'ANGLETERRE, dom Edoard, auquel seront reci-

tees ses grandes proësses, et semblablement la cheualeureuse bonte de Florian du desert, son frere, avec celle du prince Florendos, filz de Primaleon, traduit de castillan en françois par maistre Jaques Vincent du Crest Arnaud en Dauphiné. *A Lyon, par Thibauld Payen*, MDLIII, in-fol. fig. sur bois, demi-rel.

62. LE PREMIER LIURE DE L'HISTOIRE ET ANCIENNE CRONIQUE DE GERARD D'EVPHRATE, duc de Bourgogne, traitant pour la plvs part son origine, ieunesse, amours et cheualeureux faitz darmes; auec rencontres, et auantures merueilleuses, de plusieurs cheualiers et grans seigneurs de son temps: mis de nouueau en nostre vulgaire françoys. *A Paris, pour Jean Longis*, 1549, in-fol. fig. sur bois, v. f. fil.

63. HISTOIRE MERVEILLEUSE ET NOTABLE de trois excellens et tres renommez filz de roys, à sçauoir de France, d'Angleterre et d'Ecosse, qui firent, estans ieunes, de grãdes prouësses et obtindrẽt victoires signalees, pour la manutention et defence de la foy chretienne, au secours du roy de Sicile. *A Lyon, par Benoist Rigaud*, 1579, in-8, v. f. fil.

Roman de chevalerie très-rare; bel exemplaire.

64. Alector (ou le Coq), histoire fabuleuse, traduicte en françois d'un fragment divers trouvé non entier, mais entrerompu, et sans forme de principe. *A Lyon, par Pierre Fradin*, 1560, pet. in-8, v. marbr. fil. (*Raccommodages aux 8 derniers feuillets et mouillures*).

Livre rare. Cet ouvrage singulier est attribué à Barth. Aneau.

65. Histoire de Gil Blas de Santillane, par Le Sage. *Paris, impr. de P. Didot l'aîné*, 1819, 3 vol. in-8 br.

66. HISTOIRE DE GIL BLAS DE SANTILLANE, par Le Sage, avec des notes historiques et littéraires par M. le comte François de Neufchâteau. *Paris*,

Lefèvre, 1825, 3 vol. in-8, portr. et fig. demi-rel. dos et coins de maroquin v. tête dor. non rog. (*Niedrée.*)

Magnifique exemplaire en grand papier vélin, orné de :

1° 20 portraits différents de Lesage dont plusieurs avec les eaux-fortes.

2° Suite de 9 vignettes d'après Desenne, sur papier de Chine avant la lettre, avec les eaux-fortes.

3° Suite de 25 vignettes gravées en Angleterre d'après Smirke, sur papier de Chine, avant la lettre ;

4° Suite de 24 vignettes d'après Devéria, avant la lettre;

5° Suite de 12 vignettes d'après Choquet, avant la lettre et avec les eaux-fortes.

6° Suite de 14 vignettes gravées en Allemagne, d'après et par Chodowiecki, épreuves avant la lettre.

7° Suite de 12 vignettes, d'après Marillier, gravées par Villerey, avant la lettre.

8° Autre suite de 4 vignettes, d'après Marillier; bonnes épreuves.

9° Choix de 41 vignettes dans la suite, d'après Bornel, gravées par Hubert; bonnes épreuves.

10° D'un grand nombre de vues, de vignettes et de portraits détachés.

En tout 331 pièces.

67. Les Cent Nouvelles nouvelles. Suivent les cent nouvelles contenant cent histoires nouveaux, qui sont moult plaisans à raconter, en toutes bonnes compagnies, par manière de joyeuseté. *Cologne, Pierre Gaillard*, 1701, 2 vol. pet. in-8, v. f. fil. tr. dor.

Belles épreuves des figures de Romain de Hooghe, tirées à part du texte.

68. HEPTAMÉRON FRANÇAIS. — Les Nouvelles de Marguerite de Navarre. *Berne, société typographique*, 1780-81, 3 vol. in-8, fig. de Frendenberg et fleurons par Dunker, mar. viol. fil. dos orné, dor. en tête, non rog. (*Bauzonnet.*)

Magnifique exemplaire en GRAND PAPIER aux armes du marquis de Coislin. Belles épreuves. Rare dans cette condition, c'est-à-dire non rogné.

IV. OUVRAGES SUR L'AMOUR. — POLYGRAPHES.

69. Philosophie d'Amour de M. Léon hébreu : contenant les grands et hauts poincts, desquels elle traite tant pour les choses morales et naturelles que pour les divines et super-naturelles, traduite de l'italien en françois (par Den. Sauvage), sei-

gneur du Parc.) *A Lyon, par Benoist Rigault*, 1595, in-16, demi-rel. bas.

70. Aresta amorum LI, cum erudita Benedicti Curtii Symphoriani explanatione, *Apud Seb. Gryphium, Lugduni*, 1546, in-8. v. br.

Livre curieux. Cette édition renferme le 52e arrêt pour la réformation des masques.

71. Droictz nouueaux publiez de par messieurs les senateurs du temple de Cupido, sur lestat et police Damour pour auoir entēdu le different de plusieurs amoureux et amoureuses (par Martial d'Auvergne). *S. l. n. d.*, petit in-8, figures sur bois, v. gr. fil. tr. dor.

Ce recueil renferme LII arrêts et l'ordonnance sur le fait des masques, sans commentaire et sans les vers de Martial d'Auvergne. Sur le titre se voit la marque de l'imprimeur, avec la devise : « Ne havlt ne bas, mediocrement. »

72. DIALOGUE TRESELEGANT INTITULE LE PEREGRIN | traictant de lhonneste et pudique amour concilie par pure et sincere vertu | traduict de vulgaire italien en langue frācoyse, par maistre Françoys dally conterouleur des Briz | de la maryne en Bretaigne | secretaire du roy de Nauarre | et de tres haulte et illustre dame madame Loyse duchesse de Valentinois | et nouuellement imprime a Paris. (A la fin :) *Fin des trois liures du Peregrin translatez de vulgaire italien en langage françois | et nouuellement imprimez a Paris, par Nicolas couteau imprimeur | pour Galliot du Pre marchant libraire iure de Luniversite ayāt sa boutique en la grant salle du Palais au premier pillier, et fut acheue le vingt cinquiesme iour du moys de may, lan mil cent cinq vingt et sept*, in-4, goth. fig. sur bois, v. marbr.

Édition rare. Bel exemplaire.

73. LE CABINET DE MINERVE, auquel sont plusieurs singularitez, figures, tableaux, antiques, recherches saintes, remarques sérieuses, observations amoureuses, subtilitez agréables, rencontres ioyeuses

et quelques histoires meslées ès avantures de la Sage Fenisse, patron du Devoir, par Beroalde de Verville. *A Rouen, par Guillaume Vidal,* 1597, in-12, v. f. v. fil. tr. r.

74. La Manière de bien penser dans les ouvrages d'esprit (par le P. Bouhours). *Paris,* 1687, in-4, mar. fil, tr. dor. (*Aux armes de Cobentzel.*)

Magnifique exemplaire dans une très-belle reliure ancienne.

75. Les OEuvres de la Fontaine, nouv. édit, revue, mise en ordre et accompagnée de notes par C.-A. Walckenaer. *Paris, Lefèvre,* 1826-27. 6 vol. gr. in-8, d. rel. mar. dor. en tête, non rog.

De la Collection des Classiques. Exemplaire en GRAND PAPIER.

76. OEuvres diverses de Fénelon : Dialogues sur l'éloquence; discours pour le sacre de l'électeur de Cologne; sermon sur la vocation des gentils; examen de conscience sur les devoirs de la royauté; Aventures d'Aristonoüs; lettre à l'Académie française, etc., etc. *Paris, Lefevre,* 1824; gr. in-8, part. d.-rel. mar. r. non rog.

De la Collection des Classiques. Exemplaire en GRAND PAPIER.

77. Œuvres de Crébillon, édition ornée de figures dessinées par Peyron. *Paris, de l'imprimerie de Didot jeune,* 1797; in-8, pap. vél., portr. et fig. cart. non rog.

78. OEuvres complètes de J.-J. Rousseau avec des éclaircissements et des notes historiques, par P.-R. Auguis. *Paris, Dalibon,* 1825, 27 vol. gr. in-8, br.

Magnifique exemplaire en GRAND PAPIER VÉLIN.

79. OEuvres poétiques de J.-B. Rousseau, avec un commentaire par M. Amar. *Paris, Lefèvre (impr. de J. Didot l'aîné),* 1824, 2 vol. gr. in-8, portr. sur chine, demi-rel. dos et coins de v. ant. n. rog.

De la Collection des Classiques. — Exemplaire en GRAND PAPIER.

80. OEuvres choisies de Parny, augmentées des variantes du texte et des notes. *Paris, Lefèvre,* 1827, gr. in-8, portr. sur chine, demi-rel. dos et coins de v. bl. n. rog.

De la Collection des Classiques. Exemplaire en GRAND PAPIER.

HISTOIRE.

81. Histoire de la navigation de Jean-Hugues de Linschct Hollandois, aux Indes Orientales, contenant diverses descriptions des lieux jusques à présent descouverts par les Portugais. Observations des coustumes et singularitez de delà, et autres déclarations, avec annotations de B. Paludamus. *Amsterdam*, 1619; in-fol. planches, vél.

Volume très-rare et fort curieux à cause des belles planches dont il est orné. Cet édition renferme à la suite: *le Grand Routier des mers, par le même.* Amsterdam, 1619. — *Description de l'Amérique et des parties d'icelle, comme la Nouvelle-France, Floride, les Antilles, Jucaya, Cuba, Jamaica, etc.* Amsterdam, 1619.

82. Voyage fait par ordre du Roi en 1750 et 1751, dans l'Amérique Septentrionale, pour rectifier les cartes des côtes de l'Acadie, de l'Isle Royale et de l'Isle de Terre-Neuve, et pour en fixer les principaux points par des observations astronomiques, par de Chabert. *Paris, Imprimerie royale,* 1753; in-4, cartes, mar. r. fil. tr. dor. (*Aux armes de Tascher.*)

Très-joli volume.

83. LES VOYAGES DU SIEUR LEMAIRE aux Isles Canaries, Cap-Verd, Sénégal et Gambie, sous M. Dancourt. *Paris*, 1695; in-12, mar. r. fil. tr. dor. (*Belz-Niedrée.*)

Très-joli exemplaire de ce petit volume curieux.

84. Prima (et secunda) pars Chronici Carionis latine expositi et aucti multis et veteribus et recentibus historiis, in narrationibus rerum Græcarum, Germanicarum et ecclesiasticarum, a Philippo Melanchthone. *S. l.*, 1564; in-16, réglé v. f. fil. tr. dor.

Exemplaire dans sa première reliure.

85. Les Sept Saiges de Romme. || Sensuyt lhistoire de Poncia || nus lẽpereur qui nauoit que ung seul filz qui auoit a nõ Dyoclecian, lequel il bailla aux sept saiges de Romme pour le gouuerner et instruyre en sciences... On les vend à Lyon sur le Rosne aupres de nostre dame de Confort cheulx Oliuier Arnoullet. (A la fin :) *Cy finist le present liure des sept saiges de Romme nouuellemẽt imprimé à Lyon par Oliuier Arnoullet* (*sans date*), gr. in-4, goth. de 40 ff., fig. sur bois, v. f.

Bel exemplaire d'un volume très-rare.

86. Pauli Orosii, viri sane eruditi, Historiarum liber, e tenebrarũ faucibus in lucem æditus vna cum indicibus tersissimis huic volumini, haud infrugaliter, adiectis. *Parisiis, in taberna libraria Joannis Parvi, via ad diuum Jacobum*, 1524, pet. in-fol. de 14 et 113 ff., réglé, bas.

Le coin de la marge supérieure des derniers feuillets est rongé.

87. Sigeberti Gemblacensis cœnobitæ Chronicon ab anno 381 ad 1113 cum insertionibus ex historia Galfridi et additionibus Roberti abbatis Montis centũ et tres sequẽtes años cõplectentibus promonẽte egregio patre D. G. Paruo | doctore theologo cõfessore regio : nunc primũ in lucem emissum. Venale habetur in officina Henrici Stephani. (A la fin :) *Absolutũ est Parisiis hoc Sigeberti Chronicon | cum non paucis additionibus : per Henricũ Stephanũ artis litterarũ excusoriæ industriũ opificẽ | in sua officina e regione scole Decretorũ expẽsis eiusdẽ et Joañis Parui bibliopolæ insignis. Anno dñi cũcta tẽpora disponẽtis* 1513. In-4, de 22 et

164 ff., lettres rondes en noir et rouge, v. marbr. fil. tr. r. (*Armoiries.*)

Bel exemplaire de cette chronique intéressante.

88. LES CRONIQUES DU FEU ROY CHARLES SEPTIESME de ce nom que Dieu absoulle || contenant les faicts et gestes dudit seigneur || lequel trouva le royaulme en grant desolation | et neammoins le laissa paisible. L'advenement de la pucelle, faicts et gestes d'icelle et autres choses singulieres advenues de son temps. Redigées par escript par feu maistre Alain Chartier hõme bien estimé en son temps | secretaire du dit feu roy Charles VIIe...... On les vend à Paris en la maison de Jehan Longis demourant soubs la seconde porte du palais ou en la gallerie par où on va à la chancellerie en la premiere bouticque... (A la fin :) *Et furent achevées d'imprimer le* IIIe *jour de decembre mil cinq cens* XXVIII. In-folio, goth. mar. rouge tr. dor. (*Trautz-Bauzonnet.*)

Première édition, fort rare, de cette chronique.
Très-bel exemplaire dans une parfaite reliure de Trautz-Bauzonnet.

89. LE VERGIER DHONNEUR nouuellement imprime a paris. De l'entreprise ⁊ voyage de naples. Auquel est comprins comment le roy Charles huytiesme de ce nom a banyere desployee, passa ⁊ repassa de iournee en iournee depuys Lyon iusques a Naples | ⁊ de naples iusques a Lyon. Ensemble plusieurs aultres choses faictes et composees Par reuerend pere en dieu monsieur Octauien de Sainct Gelais euesque dangoulesme Et par maistre Andry de la vigne secretaire de la Royne ⁊ de monsieur le duc de Sauoye avec aultres. (A la fin :) *Cy fine le Vergier dhonneur nouuellement imprime a Paris par Philippe le noir libraire et lung des deux grans Relieurs iurez en luniversité de Paris Demourant en la grant rue Sainct Jacques a lẽseigne de la Rose blanche couronnee.* (Sans date.)

In-fol. goth. à 2 col. de 53 lig. fig. sur bois, v. . tr. rouge.

Le titre de cette édition est entouré d'un encadrement historié, et il a une grande planche sur son verso. La marque de Le Noir se trouve au verso du dernier feuillet.

Bel exemplaire d'un livre rare.

90. Les Gestes de Françoys de Valois Roy de France.... par Estienne Dolet. *A Lyon, chés Estienne Dolet.* MDXL. — Francisci Valesii Gallorum Regis Fata, Stephano Doleto Gallo Aurelio autore. *Lugduni,* MDXXXIX; en 1 vol. in-4, v. f. fil. tr. dor.

Ces deux pièces sont rares, et la première est très-recherchée. Bien conservées.

91. L'Ordre tenu et gardé en l'Assemblée des trois Estats, representans tout le Royaume de France, convoqués en la ville de Tours par le feu roy Charles huytiesme, pour reformer infinis abus qui se commettoyent de iour en iour en cedict Royaume, et de la bonne police sur ce ordonnée par ledict seigneur. *On les vend à Paris au premier pillier de la grand salle du Palais, en la boutique de Galliot du Pré*, 1558, pet. in-8, v. marbr.

Notes manuscrites sur les marges.

92. Le Chant du Cocq françois, au Roy, où sont rapportées les propheties d'un hermite allemand de nation, lequel vivoit il y a six vingts ans, dont aucunes ont déjà esté accomplies au royaume de Boheme, et Palatinat; et les autres predisent que le roi doit reunir toutes les fausses religions à la Catholique, et se rendre empereur de l'univers, ce qui est encores confirmé par plusieurs autres predictions anciennes de saincts personnages bien approuvez (par Jacques Barret). *Paris, imprimé par Denys Langlois,* 1621, pet. in-8, v. f.

Bel exemplaire de ce livret singulier et très-rare, relatif aux événements du règne de Louis XIII.

93. La Rencontre de Pont-Gibaut et du comte de Chalais, au voyage de l'autre Monde. *S. l. n. d.*, 16 pp. — Les Nouvelles de l'autre Monde, apportées en poste des Champs Elisées, par le bon genie de la France. *S. l., n. d.*, 31 pp. — La Sibylle françoise, qui, sous la comparaison de la Cabale de Loyola au Cheval d'Epeus, remontre à la France la ressembance qu'il y a de son Estat présent à celuy d'Ilion, peu auparavant la ruine de l'Empire Troyen. *S. l.*, 1626, 16 pp. — Le Miroir du temps passé à l'usage du present. A tous bons Peres religieux et vrais Catholiques non passionnez. *S. l. n. d.*, 64 pp. — La Faulce Glace du miroir du temps passé, descouverte par un Me Miroitier du Palais. *S. l.*, 1625, 5 pièces en 1 vol. pet. in-8, v. f. fil. tr. dor.

94. Le Courrier breton (ou discours adressé au roy Louis XIII, sur la mort de Henry le Grand, par de Montlyard). *S. l.*, 1626. — La Vérité avec son conseil secret. *S. l. n. d.*, en 1 vol. pet. in-8, v. f.

95. LE PREMIER (et le second) VOLUME DE LA TOISON DOR compose par reuerend pere en Dieu Guillaume (Fillastre). Ilz se vendent a Paris en la rue Sainct Jaques a lenseigne Sainct Claude. *Cy fine le second volume de la Thoyson dor. Imprimé a Paris Lan mil cinq cens et dix sept par Anthoine bonne mere Le dixiesme jour de Decembre pour Francoys regnault marchant libraire demourant en la dicte ville en la rue Sainct Jacques a lenseigne sainct Claude aupres de sainct Yues.* In-fol. goth. à 2 col. fig. sur bois, v. marbr. fil. tr.

Seconde édition d'un livre très-rare. — Bel exemplaire.

96. Mirouer armorial dans lequel se voyent les armes de beaucoup de maisons nobles de ce royaume et pays étrangers avec les ornemens de toutes les dignitez, etc., œuvre non moins agréable à la noblesse que nécessaire aux architectes,

sculpteurs, peintres, brodeurs, graveurs et autres ouvriers et artisans, par le sieur Holin... *Paris*, 1650; in-4, fig. de blason, v. br.

Exemplaire offert à M. de Segoing, comte de Lamarlière, par M. le comte de Saint-Aignan.

97. Les Vies des hommes illustres grecs et romains, comparés l'un avec l'autre, par Plutarque de Chæronée, translatées premièrement de grec en françois par maistre Jaques Amyot, lors abbé de Bellozane.... *Paris, par Vascosan*, 1567; 6 vol. — Les OEuvres morales et mêlées de Plutarque translatées de grec en françois par Jacques Amyot... *Paris, par Vascosan*, 1574; 7 vol. ens. 13 vol. in-8, v. f. fil. tr. dor. (*Pasdeloup*.)

Très-bel exemplaire. Le tome IV des Vies des hommes illustres renferme les *Vies d'Annibal et de Scipion l'Africain*, trad. par Ch. de L'Écluse.

98. Histoire de la vie et trespas de très-illustre et excellent prince Charles de Lorraine duc de Mayenne, par le Sr de Nerueze. *A Lyon, par Barthélemy Ancelin, s. d.*, petit in-8, titre gravé, v. f.

99. VALERE LE GRANT hystoriographe tres illustre translate de latin en françoys | contenant neuf liures traictans des vertueuses œuures non seullement des rommains | mais aussi de gens destrange nacion | comme de grecz | de gens Dorient et Doccident | et aultres parties de la terre. Et met lexẽple d'une chascune des p̃uinces et le cas ou il aduint | et plusieurs aultres matieres prouffitables a ung chascun comme pourrez veoir cy après. On les vend a Paris par Philippe le Noir relieur iuré en luniversité de Paris a lenseigne de la Rose blanche couronnée en la rue Sainct Jaques. (A la fin :) *Cy finist le second volume de Valere le grant translate de latin en françoys. Imprimé nouuellement a Paris par Philippe le noir marchant libraire et relieur iuré en Luniversité de Paris | Demourãt en la grãt rue Sainct Jaques a*

lenseigne de la rose blanche couroñée. S. d., in-fol. goth. à 2 col. réglé, avec la marque de Philippe le Noir à la fin, fig. sur bois, v. marbr. dent. tr. dor.

Édition non citée par Brunet. Bel exemplaire.

100. Histoires tragiques extraictes des œuvres italiennes de Bandel et mises en langue françoise (les six premiers par P. Boaistuau, surnommé Launay, et les suivantes) par François de Belleforest. *Lyon, Pierre Rigaud*, 1616, 7 tom. en 8 vol. in-16, mar. r. fil. tr. dor. (*Rel. anc.*)

Il n'y a que les 4 premiers volumes qui portent la date de 1616; le 5e est de 1601; le 6e de Lyon, César Farine, 1593; le 7e de 1595. Les feuillets 194 à 199 inclus. du tome VII sont manuscrits, mais d'une jolie écriture. Légers raccommodages à 2 feuillets du même volume.

101. Histoires prodigieuses extraictes de plusieurs fameux autheurs grecs et latins, sacrez et prophanes, par P. Boaistuau, C. de Tesserant, F. de Belleforest, Rod. Hoyer, etc. *Paris, veuve Guillaume Cavellat*, 1598, 3 vol. in-16, fig. sur bois, mar. r. fil. tr. dor. (*Rel. anc.*)

102. PREMIER SAC contenant la fondation et construction de la ville de Richelieu, érection de la terre et seigneurie de Richelieu et des baronnies, terres et seigneuries y réunies, en duché pairie; privilége dud. duché, établissement de la justice et des foires et marchez, et transfération des élections de Mirabeau et grenier à sel de Loudun à Richelieu. Manuscrit in-fol. vél.

Curieux manuscrit original.

103. PREMIER (second et troisième) VOLUME DE L'ARPANTEMENT GÉNÉRAL qui a esté faict du duché et pairie de Richelieu du commandement de très-hault, très-puissant et très-éminent seigneur Monseigneur Armant-Jean-Duplessis, cardinal, duc de Richelieu et Fronsac, pair de France,

grand maistre, chef et surintendant de la navigation et commerce de France; faict par Pierre Ladebat, arpanteur dudit seigneur en sa duché de Richelieu, commancé en lannée Mil six cens trente trois. 3 fort vol. in-fol. mar. r. fil. comp. (*Aux armes du cardinal de Richelieu.*)

MANUSCRIT PRÉCIEUX et de la plus haute importance, surtout pour la TOURAINE.

104. INVENTAIRE DES TILTRES, PAPIERS et enseignements de la baronnie de Faye la Vineuse, dépendante et réunie au duché pairie de Richelieu, faict par Lordre de Monseigneur le Duc dudict Richelieu, auquel inventaire a esté Tacque par nous Joseph Le Bas advocat audict duché, et garde du trésor du Chasteau dudict lieu, et escript de la main de nous Laurent Aubert, notaire dudict Duché. Manuscrit in-fol. vél.

Manuscrit original et aussi précieux que le précédent.

105. INVENTAIRE DES TITRES, PAPIERS de la Baronnie de Faye la Vineuse, mambres du duché pairie de Richelieu, fait en l'année 1739, de l'ordre de Monseigneur le duc de Richelieu et de Fronsac, par moy Thomas-Louis Havard de Lièvreville, après avoir fait le recollement sur un ancien inventaire datté en sa closture du 31 octobre 1687, et y avoir ajouté et augmenté toutes les pièces nouvellement remises, depuis ledit recollement, manuscrit in-fol. vél.

106. TESTAMENT DE MONSIEUR LE CARDINAL DUC DE RICHELIEU du 23 may 1642; manuscrit in-fol. non rel.

Manuscrit original.

Cette précieuse réunion de manuscrits concernant la ville, pairie et duché de Richelieu, ne sera pas divisée.

107. REGISTRE GÉNÉRAL des pierreries et autres bijoux des présens du Roi, dont le Sr Aubert, jouaillier de la Couronne, est chargé envers Sa Majesté par son ordre, du 1er juillet 1773. Manuscrit in-fol. 2 vol. mar. r. fil. tr. dor. (*Aux armes du roi Louis XV.*)

Registre fort précieux et dans lequel on trouve des indications intéressantes sur les prix de différents bijoux et tapisseries à cette époque. Il est également d'un grand intérêt à cause de l'indication des noms des personnes auxquelles les présents étaient faits.

FIN.

RED. :

20

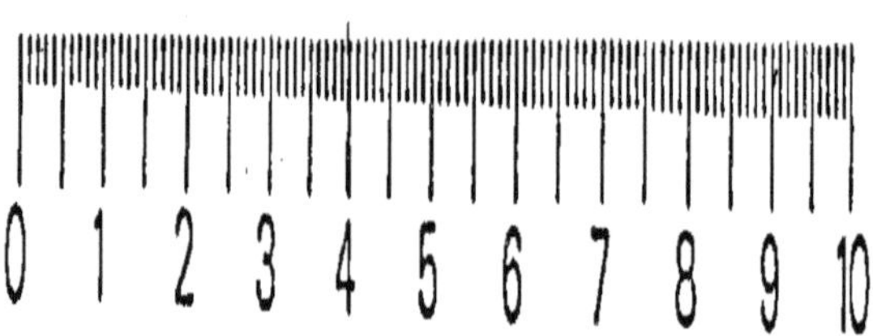
0 1 2 3 4 5 6 7 8 9 10

www.ingramcontent.com/pod-product-compliance
Ingram Content Group UK Ltd.
Pitfield, Milton Keynes, MK11 3LW, UK
UKHW021028260726
13994UKWH00005B/2009

9 782329 326337